Thomas Martin
Acht dreiviertel Jahre – Episoden einer Freundschaft

AF204194

THOMAS MARTIN

EPISODEN EINER FREUNDSCHAFT

© 2019, Thomas Martin

Autor: Thomas Martin
Umschlaggestaltung, Illustration: Hansa-Druckerei oHG, Grevenbroich
Lektorat, Korrektorat: Dannika Stratmann

Verlag & Druck: tredition GmbH, Halenreie 40-44, 22359 Hamburg
ISBN: 978-3-7497-3685-0

Bibliografische Information der Deutschen Nationalbibliothek:
Die Deutsche Nationalbibliothek verzeichnet diese Publikation in der Deutschen Nationalbibliografie; detaillierte bibliografische Daten sind im Internet über http://dnb.d-nb.de abrufbar.

»Wenn Ihr mich sucht,
suchet mich in Eueren Herzen.
Habe ich dort einen Platz gefunden,
werde ich immer bei Euch sein.«

– Antoine de Saint Exupéry –

INHALTSVERZEICHNIS

Acht dreiviertel Jahre in vierzehn Episoden

HERZSCHMERZ

Die Arbeit an diesem Sommernachmittag war schweißtreibend. Spatenstich um Spatenstich wurde das Loch am Ende unseres Gartengrundstücks immer tiefer, bis ich auf eine schier undurchdringliche Lehmschicht in etwa einem halben Meter Bodentiefe stieß, und nun die von unserem Nachbarn entliehene Spitzhacke zur weiteren Vertiefung des frischen Grabs zu Hilfe nehmen musste. Als meine Frau und ich darüber befanden, dass das Loch nun ausreichend groß sei, entnahmen wir den leblosen, kleinen, pelzigen und steif gewordenen Körper seinem zwischenzeitlichen Sarg aus Pappkarton und betteten unser Haustier liebevoll in seine letzte Ruhestätte, nicht ohne diese vorher noch mit ein paar Stück Stoff auszukleiden. Das Wiederauffüllen mit der ausgehobenen Erde ging anschließend um einiges leichter von der Hand. Eine vorherige Topfpflanze entnahmen wir aus ihrem Behältnis und pflanzten diese an der soeben bearbeiteten Stelle ein. Ein kleiner Kranz aus mehreren Steinen markierte zusätzlich den Ort, an welchem das Begräbnis vorgenommen wurde. Danach setzten wir uns an unseren Terrassentisch, gedachten gemeinsam der vielen schönen Stunden und ließen der aufkommenden Trauer ihren Lauf.

Wenn man einer Bereicherung seines Lebens plötzlich beraubt wurde, hält bei vielen Menschen eine tiefsitzende Leere Einzug. So auch bei mir, als unser geliebter Kater Losik im Juli eines unerwarteten Todes verstarb. Unverzichtbar gewordene tägliche Rituale blieben mit einem Mal einfach aus, wie z.B. das morgendliche Wecken durch das Aufspringen auf das noch um diese Uhrzeit von mir belegte Bett.

Das zufriedene Schnurren nach nächtlichem, erfolgreichem Streifzug durch unseren und Nachbars Gärten, welches zugleich die Forderungen Losiks unterstrich, neuen Futternachschub in der Küche bereit gestellt zu bekommen, beendete oft abrupt meine Nachtruhe. Unmissverständlich auch dessen Erwartungshaltung an mich, nun doch endlich aufzustehen, um mich für den kommenden Tag in seine Dienste zu stellen, auch wenn der Zeiger meines Nachttischweckers oft noch nicht einmal auf 6:00 Uhr stand.

So auch damals, als es geschah, und wir bereit waren, den Ritualabläufen Folge zu leisten. Inzwischen war unser Frühstück beendet, ich hatte mir meinen Tagesplan gedanklich zurechtgelegt und meine Frau Inna bereitete sich ihrerseits auf das anstehende Arbeitspensum als Dolmetscherin eines ambulanten Pflegedienstes vor. Vor unserer Verabschiedung voneinander fand man noch ein wenig Zeit, unserem Liebling auf vier Pfoten eine kleine Beschäftigungstherapie durch lustige »Katzenspiele« angedeihen zu lassen, ehe sich Losik entschied, einer eigenen ihm lieb gewordenen Tätigkeit zuzuwenden. Losik war zwar kastriert, aber tierischen Instinkten und Relikten eines nicht mehr ganz so ausgeprägten Sexualtriebes folgend, fing er an das Nachthemd meiner Frau rhythmisch zu bearbeiten, indem er es zunächst von der Tagesdecke des Betts herunter zog, es sich zwischen Vorder- und Hinterpfoten klemmte und sich zeitgleich im Stoffende des Textils verbiss.

Zu diesem Zeitpunkt hatte Inna unsere Wohnung bereits verlassen und ich überlegte mir im Wohnzimmer sitzend, ob ich meine Mails noch schnell checken sollte. Dazu musste ich mich aus dem Erdgeschoss in unser Souterrain begeben, wo sich mein Büro mit dem Computer befand. Als ich die Treppe herunterstieg und unten ankam, merkte ich sofort, dass irgendetwas nicht stimmte. Zwischen meinem Schreibtisch und dem Eingang zu unserem Badezimmer lag Losik in unnatürlicher Haltung fast leblos und flach auf dem Teppich, das Nachthemd immer noch an sich geklammert. Als ich versuchte, durch Ausruf seines Namens unseren Vierbeiner zu einer Regung zu veranlassen, blieb diese aus. Ich war zutiefst erschrocken und beugte mich zu ihm herab, begann ihm über das Fell zu streicheln als ich bemerkte, dass die Pupillen in vollständigem Schwarz beide Katzenaugen ausfüllten und das kleine Mäulchen halb weit geöffnet war. Zugleich hörte ich, wie er in regelmäßigen, aber längeren Abständen ein merkwürdiges Röcheln von sich gab, was offensichtlich die letzten Vitalindikatoren waren, so als ob er nun sein Leben aushauchte. Es dauerte auch nicht mehr lange, bis dann das Röcheln endgültig ausblieb. Die Körpertemperatur war spürbar herabgesetzt und nichts regte sich mehr. Offensichtlich war Losik einem Herzinfarkt erlegen.

Der Tod ist eine unwiderrufliche und manchmal erlösende, oft jedoch grausame Sache und mit dem soeben Erlebten wurde ich schonungslos an die Endlichkeit der eigenen Existenz erinnert.

Jeder Mensch entwickelt seine eigenen Möglichkeiten, Trauer zu verarbeiten. Während meine Frau versuchte durch ihren Job und dahinterstehende Aufgaben entsprechende Ablenkung zu erfahren, habe ich mich entschieden ein Buch zu schreiben. Unabhängig von den Ereignissen hegte ich mit Beginn meines Ruhestands schon länger dieses Vorhaben. Den letzten Impuls zur Umsetzung erhielt ich durch diese Phase unserer tiefen Trauer. Nicht umsonst heißt es »das Leben geht weiter!« und Untätigkeit durch Schockstarre hielt uns nur vom aktiven Weiterleben ab.

TRAUER

Da sich unter Einbeziehung der Bedürfnisse unseres Vierbeiners, welcher uns über beinahe neun schöne Jahre in unserem Leben begleitete, gewisse Gewohnheiten gleichsam mehr oder weniger eingespielt hatten, war es für uns beide teilweise recht schwierig von bestimmten Automatismen abzulassen, da sie nicht mehr sinnerfüllt waren. Morgens, noch im Halbschlaf befindlich, wartete ich darauf, dass Losik jeden Moment das Schlafzimmer stürmte und seinen Forderungen nach Fütterung Nachdruck verlieh. Natürlich war das Warten vergebens, wie ich dann im Wachzustand feststellen musste. Losik war ja nicht mehr da, wie es mir dann wieder einfiel. Abends ließen wir alten Gewohnheiten folgend meistens noch die Schiebetür zu unserer Terrasse einen Spalt weit offen, in der stillen jedoch unbegründeten Hoffnung, unser Liebling fände doch bald seinen Weg nach Hause.

Die sogenannte Ratio, welche u.a. bei der korrekten Realitätswahrnehmung behilflich sein sollte, hatte uns noch nicht vollends erreicht. Stattdessen hatte eine tiefe Leere und bleierne Schwere unser beider Leben erfasst und es war an der Zeit, nach der Verarbeitung der Trauer nun Entschlüsse zu fassen, welche unserem häuslichen Dasein eine neue und wieder positive Prägung verleihen sollte.

WIE ALLES BEGANN

Warum ein Buch mit dem Titel »Acht dreiviertel Jahre«, wird man sich fragen. Nun, ganz einfach: Es waren wunderbare acht dreiviertel Jahre, welche unser pelziger Vierbeiner uns begleitete und wir vielfach Freude mit und an unserem Stubentiger teilen durften.

Eines Tages nämlich im Spätsommer des Jahres 2010 fragte mich Inna, ob ich bereit sei ein kleines Kätzchen in unserem Haushalt mit aufzunehmen. Ich begegnete diesem unverhofften Vorschlag zunächst etwas skeptisch, da wir ein Jahr zuvor – nach dem Erwerb von Wohneigentum – unsere beiden Haushalte zusammen gelegt hatten und aufgrund der neuen Innenausstattung gewisse Bedenken im Hinblick auf den Zustandserhalt hatte, wenn sich alsbald ein krallenbewehrter Stubentiger das neue Heim mit uns teilte. Dann, im Oktober desselben Jahres, war es endlich soweit.

Ohne auf Innas Frage eine klare und definitive Stellungnahme abgegeben zu haben, ereilte mich ein Mobilanruf meiner Frau, welche mir bedeutete, dass ich mich schnellstmöglich aus unserer Wohnung auf den PKW-Parkplatz zu begeben hätte, um ihr dort beim Tragen einer nicht näher bezeichneten Sache behilflich zu sein. Als ich der Aufforderung Folge leistete und den Parkplatz erreichte, meinte Inna nur: »Thomas, Du musst mir beim Tragen helfen. Ich habe einen riesigen Kater in der Käfigbox in meinem Kofferraum.«

Dem Gewicht und den Abmessungen der Box nach zu schließen, musste es sich in der Tat um etwas Riesiges handeln. Wenig später in unserem Wohnzimmer in Kaminnähe, als wir den Boxdeckel vorsichtig abnahmen, bestätigte sich mein ursprünglicher Verdacht. Das Tier, welches sich in diesem Behältnis befand, war meinem Augenschein nach für Katzenverhältnisse doch leicht überdimensioniert, aber dennoch prächtig. Das erste, was mir

an ihm sofort auffiel, waren die wunderschönen, großen Katzen-augen, welche uns und die neue Umgebung mehr erstaunt als neugierig anblickten. Losik sollte dieser Kater nun heißen und er machte keinerlei Anstalten sich eigenständig aus dem unte-ren Teil seiner Tragebox heraus zu bewegen. Dies bot uns Ge-legenheit unseren neuen Mitbewohner erst einmal gründlich zu taxieren.

EINGEWÖHNUNG

Seiner Körpergröße und seinem Gewicht nach zu urteilen, gehörte Losik eindeutig der Schwergewichtsklasse seiner Gattung an, um es einmal in der Boxsportsprache zu formulieren. Seine Fellzeichnung war rotbraun getigert, dem Typus einer britannischen Kurzhaarkatze entsprechend. Die Kopfform und -größe katertypisch rundlich und ebenmäßig, versehen mit zwei aufmerksam aufgerichteten Lauschern. Das Gesicht verziert mit einem rosigen Schnäuzchen, von welchem sich mehrere Schnurrhaare in beide Richtungen ausstreckten. Den Brustbereich schmückte eine Blässe. Insgesamt ein beeindruckender Anblick. Von seinem Wesen wirkte er auffallend ausgeglichen. Von irgendwelcher Aufregung oder gar Panik war nichts zu spüren. Vielleicht mag dies unserer eigenen Ausstrahlung geschuldet sein. Vielmehr nahm Losik eine eher abwartende Haltung ein, möglicherweise im Zwiespalt zwischen Neugierde und anfänglichem Misstrauen. Natürlich waren wir beide sehr daran interessiert in Erfahrung zu bringen, wie es mit der tatsächlichen Gemütslage unseres Stubentigers bestellt war. Sein Verhalten jedoch ließ bereits einige Rückschlüsse zu, wie wir glaubten.

Wir übernahmen diesen Pracht-Kater im Lebensalter von fünf Jahren von einer Arbeitskollegin meiner Frau, welche kurz vor ihrer zweiten Niederkunft stand und nun Bedenken äußerte, sich weiterhin ausreichend um den Vierbeiner kümmern zu können. Bis dahin kannte Losik auch keinen Freigang, sondern verbrachte sein Leben in einer Mehrzimmerwohnung eines Großstadt-Hochhauses. Im besten Fall konnte er sich gelegentlich Zugang zu dem zugehörigen Balkon verschaffen und von dort aus seiner Katzensicht die Welt von oben beäugen.

Bei uns waren die Wohnvoraussetzungen um einiges anders. Wir hatten in der Provinz am Niederrhein ein Jahr zuvor Eigentum mit einem Garten erworben und wollten nun unsere häusliche Umgebung mit zusätzlichem Leben auf vier Pfoten auffrischen. Unser Domizil erstreckte sich vom Erdgeschoss bis zum Souterrain über zwei Ebenen auf satten einhundertunddreißig Quadratmetern, den erst später errichteten Wintergarten nicht mitgerechnet. Auf den Wohnbereich des Erdgeschosses mit Gartenzugang aufschließend, zierte eine großzügige Terrasse unser Zuhause mit tollen Entfaltungsmöglichkeiten im Sommer. Die Etage darunter war ebenso mit einer überdachten Terrasse versehen. Später hatten wir diese Ecke zu einem Wintergarten umfunktioniert. Der Garten selbst war überschaubar und nicht überdimensioniert. Von seiner Ausdehnung und dem dortigen Pflanzenbestand also relativ pflegeleicht. Wenn Büsche, Bäume und Sträucher im Frühjahr und Sommer ihren dann entwickelten Blüten- und Blätterstand erreicht hatten, konnte es das Herz eines jeden Hobby-Gärtners höherschlagen lassen.

Beste Voraussetzungen also für unseren neuen Mitbewohner, sich hier entsprechend katzengerecht entfalten zu können. Die Situation war zwar von uns gewollt, jedoch für alle Beteiligten anfangs ungewohnt. So kam es dann auch, dass Losik sich vorläufig nicht aus der Kaminecke bewegte, um erste Erkundungen vorzunehmen. Unsererseits war klar, dass wir dem Vierbeiner erst einmal die Chance zum Einleben geben mussten, ohne ihn sofort zu bedrängen. Somit folgte eine Phase des gegenseitigen Beobachtens und Taxierens, sowohl auf Vierbeiner- als auch auf Zweibeinerseite. Da wir inzwischen Verantwortung für ein weiteres Lebewesen in unserem Heim trugen, kamen wir zuerst einmal unseren Mindestverpflichtungen nach und besorgten notwendiges Katzenfutter, dazugehörige Fressnäpfe sowie ein Katzenklo mit Streu, alles mit der Überlegung verknüpft, welches wohl die geeignetsten Stellplätze hierfür sein könnten. Es war schnell klar, wenn sich das eigene Heim in sogenannte »Funktionsbereiche« aufteilte, dass die Fressnäpfe selbstverständlich in die Küche gehörten und das Katzenklo in unsere Gäste-Toilette. Als dies nun alles soweit erledigt war, rückte ich gedanklich nochmals Losiks Körpergröße und den voraussichtlichen Futterkonsum ins Verhältnis zueinander. Bei diesen Überlegungen kamen mir erste Zweifel über die Aussage von Innas Arbeitskollegin, dass sich der Kater mit nur ganz wenig »Fresschen« begnüge.

Nachdem Losik sich zwischenzeitlich immer noch nicht von der Stelle der Befreiung aus seiner Tragebox bewegt hatte und es Zeit für die Nachtruhe wurde, beschlossen wir, einfach abzuwarten, was als nächstes geschieht. Das mindeste, was Losik ja regelmäßig tun musste, war Fressen und das Verrichten seines Geschäfts, und der Vollzug desselben lässt sich ja anderentags überprüfen. Dies war im Prinzip der Verlauf des ersten Tages und des gegenseitigen Kennenlernens. Selbstverständlich waren wir beide sehr gespannt auf den Fortgang der weiteren Entwicklung. Ein aufregender, ereignisreicher Tag neigte sich seinem Ende zu. Zu dieser Zeit war ich selbst noch in meinem Hauptberuf als Außendienstmitarbeiter eines IT-Konzerns tätig und Inna ging ihrer Tätigkeit als Dolmetscherin nach.

Am nächsten Morgen war von unserem Vierbeiner nichts zu sehen, jedoch hatte er selbst Spuren während unserer Nachtruhe hinterlassen. Sein erstes Geschäftchen hatte er in der Streubox verrichtet und ebenso sein Futter in den vorgesehenen Näpfchen bereits angerührt. Für uns war dies Indiz genug, dass Losik sich während der Nacht bereits in unseren »Funktionsbereichen« ein Stück weit eigenständig orientiert hatte. Wir überlegten, wie wir ihn aufspüren konnten, denn es war immer noch nichts von ihm zu sehen. Offensichtlich hatte er sich ein Versteck gesucht, denn die nächste Zeit schien er uns aus dem Weg zu gehen. Irgendwie verständlich, aus seiner Sicht. Denn so wie wir hatte auch er noch keine klare Vorstellung, wie seine Hausgenossen geartet waren. Gewiss wollte er zuerst einmal herausfinden, ob von uns eine Gefahr ausging. Waren wir freundliche und ihm wohlgesonnene Zweibeiner, denen man vertrauen konnte, oder galt es, besondere Vorsicht walten zu lassen? Falls in Katzenhirnen ähnliche Denkstrukturen wie bei uns Menschen existieren, mag er sich solche Fragen vielleicht gestellt haben. Jedoch denke ich eher, dass sein Verhalten doch stark instinktgesteuert war. Im Laufe der folgenden Tage fanden wir heraus, wo sich sein bevorzugtes Versteck befand; Eigentlich mehr durch Zufall und einem wachsamen Auge bestimmt, als durch gezieltes Suchen und Nachsehen. Im Souterrain befand sich mein Büro-Schreibtisch, welcher beim Verblendungsabschluss aus Furnierholz nach unten einen kleinen, zehn Zentimeter breiten Spalt offenließ, hinter welchem er einen Beobachtungsposten bezog und uns, solange wir uns im Flurbereich dort aufhielten, nicht mehr aus den Augen ließ. Der Posten lag exakt gegenüber dem Eingang zum Badezimmer und bot durchaus einen guten Blick nach geradeaus und auch in die Richtungen nach rechts und links. Wir spürten innerlich sehr wohl, mit welcher Aufmerksamkeit Losik jede unserer Bewegungen registrierte. Zu eigenen Reaktionen neben der Beobachtungstätigkeit war er offensichtlich noch nicht bereit. Jedoch sollte sich dies bald ändern.

Es vergingen von da an noch einige Tage – vielleicht eine gute Woche – bis wir die nächsten Änderungen in Losiks Verhaltensmuster feststellen durften. Eines schönen Morgens, als es wiederum Zeit wurde sich auf unsere Jobs vorzubereiten, unmittelbar nach dem Verlassen des Schlafzimmers, bemerkte ich, wie sich unser Freund nun wirklich das erste Mal ganz ohne Deckung ganz offen zeigte. Es war ein äußerst denk- und merkwürdiger Anblick, der sich uns offenbarte. Das Souterrain verband unser Erdgeschoss mit einem Aufgang aus Marmorstufen. Auf einer der unteren Stufen vis-à-vis zum Schlafzimmer »thronte« unser Freund mit dem Blick ganz stur auf die ihm gegenüber liegender Wand gerichtet und zu keiner weiteren Regung bereit, als wir uns ihm etwas näherten. Es war klar, dass dieses Verhalten als erster kleiner Schritt der Annäherung an »seine Menschen« zu werten war, aber auch nicht mehr. Offenkundig benötigte Losik noch etwas mehr Zeit, um weiteres Zutrauen zu fassen.

Für uns beide, Inna und mich, blieb diese kleine Episode ein schöner und zugleich unvergesslicher Moment.

5 ERSTE ERKUNDUNGEN UND ANNÄHERUNG

Die Zeit rückte voran und der bereits weiter fortgeschrittene Herbst zeigte seine unmissverständlichen Erkennungsmerkmale. Es wurde vor allem in der Nacht merklich kühler und unser Garten mit seinem Strauch- und Baumbestand wies inzwischen die schönste goldgelbe Farbenpracht dieser Jahreszeit auf.

Wir freuten uns schon auf die Inbetriebnahme unseres Wohnzimmerkamins, um unserem Zuhause eine kuschelig gemütliche Atmosphäre zu verleihen. Es war jedoch noch nicht so kalt, als dass wir sofort mit dem Heizen beginnen mussten. Also blieb zunächst nur die Vorfreude darauf. Tagsüber, wenn wir nicht arbeiten mussten, war es durchaus noch möglich ein wenig auf unserer Sommerterrasse zu verweilen. Zwischenzeitlich bemerkten wir auch, wie Losik sich Schritt für Schritt in seiner neuen Umgebung – nur auf den Wohnbereich begrenzt– vorwagte. Ganz besonders hatte es ihm eine hinter unserer Wohncouch befindliche, stufenweise aufgebaute Regalwand angetan, welche u.a. mit Büchern und diversen Wohnaccessoires bestückt war. In der Frontansicht glich die Wand einer sich nach oben verjüngenden Pyramidenform. Irgendwann war für Losik die Verlockung zu groß und er konnte nicht widerstehen, ganz vorsichtig die unterste bis zur obersten Stufe zu erklimmen, ohne hierbei irgendeines unserer dort aufgestellten Preziosen bei der Klettertour herunterzuschmeißen. Wie er dies durch grazile Bewegungen gleichsam unfallfrei bewerkstelligen konnte, ist mir bis heute ein Rätsel. Später hatte er diesen Ausflug noch ein paar Mal exerziert und auch da war nichts passiert. Es war mir dann auch aufgegangen, was den Reiz für ihn ausgemacht haben musste. Von Katzen weiß man, dass sie sich gerne Plätze auf erhöhter Warte aussuchen, um von dort die Welt unter ihnen besser beobachten

zu können. Losik tat dies auch, aber in einer Art und Weise, welche uns schon majestätisch und würdevoll vorkam, wie wir ihn auf der Regalkrone so sitzen sahen.

Es fiel uns auf, dass unser Stubentiger sich immer häufiger den Grenzen des abgeschlossenen Wohnraumes näherte, dann im Wohnzimmerbereich vor der für ihn bis dahin ungeöffneten Schiebetür zur Terrasse stehen blieb und sehnsüchtig nach draußen blickte. Aus dieser Richtung kam ja auch der intensivste Einfall natürlichen Lichts. Unser Wohnzimmer besaß lediglich eine ebenerdig abschließende Fensterfront, die zum Außenbereich führte. Die Seitenwände blieben von lichterhellenden Elementen ausgespart, so dass der Zugang zur Terrasse daher eine Schwelle und gleichzeitig einen Anziehungspunkt zur Welt nach draußen bildete. Nur allzu verständlich war es, dass es Losik immer wieder dorthin zog. Schließlich boten wir ihm den Zugang nach draußen und beobachteten, wie er sich äußerst bedacht und vorsichtig – eben katzengleich – das vor ihm liegende Areal ertastete. Unsere Terrasse war mit einer Überdachung versehen, welche aus einem Blech-Trägersystem bestand, das wiederum ein halbdurchsichtiges Plexiglasdach stützte. Somit bot diese Konstruktion aus Katzensicht, wenn auch mit einigem Abstand, nach oben eine weitere Deckung. Die Terrassenerkundungen wurden ab jetzt immer häufiger wiederholt und wir stellten fest, dass es auch hier wieder eine für uns anfangs unsichtbare Schwelle zur erweiterten Arealerforschung für Losik gab. Dies war exakt der Übergang von unserer Terrasse zum vier Meter langen Steg mit Handlauf hin zum Gartenbereich.

Es erschloss sich uns überhaupt nicht, weshalb unser Vierbeiner an dieser Stelle nicht zum nächsten Schritt anhob, um in den nun »grünen Bereich« vorzustoßen. Stattdessen traute er sich lediglich bis zu diesem Übergangspunkt und machte dort halt, setzte sich auf, blickte den Steg hinunter und war in seiner Sturheit zu keiner weiteren Fortbewegung dorthin bereit. Ich überlegte mir, dass eine kleine Hilfestellung meinerseits eventuell notwendig sei, um Losik bei der erweiterten Reviererforschung zu motivieren. Inzwischen war die Mensch-Tierbeziehung schon soweit gefestigt, dass wir unseren Vierbeiner streicheln durften und durchaus auch schon einmal aufheben und in den Arm nehmen konnten. Dies jedoch alles mit der gebührenden Vorsicht und erforderlichem Einfühlungsvermögen. Denn Stimmungsschwankungen gilt es, wie auch beim Menschen, – in diesem Fall bei Katzen – mit zu berücksichtigen. Also nahm ich Losik, als er wieder einmal unentschlossen an besagtem Schwellenpunkt saß, sehr behutsam in meine Arme und trug ihn den Steg nach unten laufend in Richtung Garten. Da bemerkte ich, wie sich der Blick unseres Lieblings nach oben in Richtung Himmel richtete, sich sein Körper in meinen Armen wandte, er die Krallen ausfuhr und mich kratzte, nicht ohne mich noch mit einer ordentlichen Spur Katzenurins zu durchnässen, um sogleich mit einem mächtigen Sprung in Richtung Terrasse wie ein »geölter Blitz« wieder Deckung zu suchen.

Ich hatte in diesem Moment einfach nicht Losiks Herkunft und bisherigen Wohnverhältnisse bedacht. Er war es schlichtweg nicht gewohnt, ohne Deckung nach oben auszukommen. Seine Flucht aus meinen Armen war lediglich eine Panikreaktion. In dem Augenblick, in dem er den für ihn weiten und sehr entrückten großen, blauen Himmel plötzlich über sich sah, spürte er keine Deckung mehr über sich und dies war ganz einfach zu viel für ihn. Er musste das soeben Erlebte erst einmal verarbeiten. Spannend und aufregend war es bestimmt für ihn und es sollte tatsächlich auch nicht das letzte Mal der Vorstöße in unseren Garten gewesen sein.

DER KONTRAHENT

Die Zeit schritt voran und Losik hatte sich allmählich an seine neue Umgebung gewöhnt. Peu à peu erschloss er sich sein Revier. Der Wohnbereich mit seinen für ihn wichtigen Anlaufstellen, wie Futterplatz in der Küche und Katzenklo im Gäste-WC, waren ihm inzwischen bestens vertraut. Auch spielten sich gewisse Rituale in seinem und unserem Tagesablauf immer besser ein und wurden allmählich wie selbstverständlich zelebriert. Katzen sind »Gewohnheitstiere« und orientieren sich genau wie wir Menschen an festgelegten Prozessen. Dabei spielt es keine Rolle, ob die Prozesse von uns Menschen etabliert und bloß vom Vierbeiner adaptiert bzw. akzeptiert werden oder ob sogenannte Eigenkreationen des Tieres ihren festen Platz gefunden haben. So wurde von Losik das morgendliche Aufstehen von uns Zweibeinern mit der baldigen Darreichung von Futter in der Küche assoziiert und recht ungeduldig strich er dann während des Zurechtmachens im Bad um unsere Beine herum, in offensichtlich froher Erwartung auf die bevorstehende Speisung. Seiner Ansicht nach hätten wir den Zwischenschritt der Körperhygiene nach dem Aufstehen direkt überspringen können, um unmittelbar zu dem für ihn wichtigen Punkt in der Küche zu gelangen. Er ließ es sich dann oft auch nicht nehmen, seiner Ungeduld durch deutlich hörbares Maunzen Ausdruck zu verleihen. In der nun folgenden Prozesskette gehörte es zum festen Bestandteil, dass nach Leerung seines Fressnapfs erst einmal die eigene Körperpflege in den Vordergrund rückte. Dazu begab er sich auf unseren großen Wohnzimmerteppich, um sich anschließend mit größter Gemütsruhe zuerst mit seiner Zunge über das Schnäuzchen zu lecken, um anschließend äußerst ausgiebig »Katzenwäsche« zu betreiben. Überall, wo er mit seiner Zunge nur hingelangte, wurden wichtige Körperpartien gereinigt, angefangen bei den Samtpfötchen, dem Schwanz und Bauch- sowie Seitenbereich. Seinen

Rücken konnte er naturgemäß nicht an allen Stellen erreichen. Wenn nun soweit alles zu seiner Zufriedenheit erledigt war, richtete sich sein Blick sehr zielgerichtet auf unsere Terrasse und genauso entschlossen schritt er dann dorthin. Dort angekommen folgte eine Begutachtung »seines Königreiches«, verknüpft mit Überlegungen, welche Richtung man gerade am besten einschlagen solle.

An unserem Terrassenende, jeweils links und rechts, schlossen sich mit Dachziegeln bedeckte Grundstücksmauern an, welche für uns Zweibeiner etwa brusthoch waren, wenn man im Garten unmittelbar vor ihnen stand. Losik entdeckte irgendwann die Mauerkronen als hervorragende Laufwege für sich selbst. Einerseits, um so ohne den Rasen betreten zu müssen, bequem zu unserem Grundstücksende zu gelangen, andererseits, um diese Möglichkeit als Absprungrampe in Nachbarschaftsgärten zu nutzen. Wenn im Sommer der maximale Vegetationsstand unserer Büsche und Sträucher erreicht war, kam es durch entsprechendes Überwuchern der Mauerkronen schon einmal vor, dass die Laufwege unseres Stubentigers etwas reduziert waren. Unsere Terrasse war ebenfalls mit einer etwa hüfthohen Mauer umschlossen. Lediglich ein kleiner Durchbruch mit Abgang eines Holzstegs zum Garten, ermöglichte uns den Zutritt dorthin. Von der Terrassenmauer konnte eine Katze also ohne weiteres auf die ziegelbewehrte Grundstücksmauer gelangen, denn es waren bis dahin keine Hindernisse im Weg.

Eines schönen Tages, Losik widmete sich seiner üblichen Revier Patrouille und wählte sich den Laufweg auf der rechten Seite aus, hielt er plötzlich inne, als er etwas bemerkte, was ihn vom Catwalk abhielt. Auch ich schaute auf und sah wie sich Losiks geplanter Weg mit einem Artgenossen kreuzen sollte. Der Pfad auf der Mauerkrone war denkbar schmal, so dass selbst zwei Vierbeiner es schwer hätten, sich mit gehörigem Abstand aus dem Weg zu gehen. Bei Losiks »Gegenüber« handelte es sich der Statur nach zu schließen ebenfalls um einen Kater. Er war schwarzweiß gescheckt, sein Körper etwas gedrungen und er wies deutliche Spuren von Kampferfahrung auf. Eines seiner Ohren wurde wohl irgendwann einmal von einem Artgenossen malträtiert und auch an der Schnauze ließ sich die eine oder andere Blessur aus früheren Auseinandersetzungen erkennen. Nun saßen sich die beiden Kontrahenten gegenüber und bestanden jeweils auf ihr Wegerecht, keiner von ihnen bereit irgendwie abzurücken. Im Nachhinein wurden mir die Absichten des fremden Eindringlings klar. Er war auf »Krawall gebürstet« und wollte vermutlich sein Claim neu abstecken. Für Losik hingegen waren, mit Ausnahme der frühen Säuge-Phase, andere Artgenossen und deren Gehabe mehr oder weniger fremd. Losik als durchaus friedlich gesonnener Zeitgenosse, welcher nur seinen Tag genießen wollte, wusste nicht wie mit dieser Situation umzugehen war. Aus- oder zurück weichen war auch keine Option für ihn und die Kontrahenten rückten immer näher aufeinander zu. Jetzt war es an der Zeit »Flagge zu bekennen«. Losik erhob nun seine rechte Vorderpfote halb winkend, so als wollte er dem Eindringling signalisieren »Geh doch weg, du!«. Der fremde Kater ließ sich dadurch jedoch überhaupt nicht beeindrucken, begann fürchterlich zu fauchen und stürzte auf Losik zu. Nun trat Losik die Flucht auf unsere Terrasse im Rückwärtsgang an und das Kampfgeschehen nahm dort seinen weiteren Verlauf. Es war eigentlich nur eine kurze Angelegenheit, aber von einem schrecklichen Fauchen und Katzengeschrei begleitet, welches mir noch heute gelegentlich in den Ohren dröhnt.

Zum Teil fand das Gerangel unter unserem Tisch statt, zum Teil aber auch im offenen Bereich. Dann irgendwann stoben die beiden auseinander und Losik zog sich verletzt und geschockt ins Wohnungsinnere zurück, wo wir ihn längere Zeit nicht mehr zu Gesicht bekamen. Das Kampfgetümmel der beiden Kater ließ sich noch an seinen Hinterlassenschaften erahnen. Jede Menge Fellknäuel beider Kontrahenten verstreuten sich in der »Kampf-Arena«, von Losik offensichtlich mehr als von dem Eindringling. Es sollte nicht die letzte Auseinandersetzung der beiden Kater geblieben sein. Inna und ich tauften den bislang Namenlosen bei späterer Gelegenheit auf »Osama bin Kater«, in Anlehnung an den bekanntesten zweibeinigen Terroristen der jüngeren Vergangenheit.

7 *WEIHNACHTEN*

Die Tage vergingen und der Winter kündigte sich an. Man muss jeder Jahreszeit sein Gutes abgewinnen. Während es draußen schon kalt war und sich die Niederschläge häuften, Bäume und Sträucher bereits entlaubt, ihrer einstigen Blätterpracht beraubt, und einsam in der Natur standen, machten wir es uns in unserem Zuhause gemütlich. Am Abend, wenn das Tageswerk im Job verrichtet war, wurde der Kamin angeheizt und das lodernde Feuer aus abgelagertem Buchenholz mit seinem Knistern und Knacken sorgte in unserem Heim für eine wohlige Atmosphäre. Losik war uns inzwischen ein vertrauter Hausgenosse geworden. Die anfängliche Scheu bestimmte Schwellenpunkte im Außenbereich zu überschreiten war einem ausgeprägten Tatendrang des Revier-Patrouillierens gewichen. So steuerte er auch immer wieder, von unserem Wohnzimmer startend, den Weg zu Terrasse und Garten an. Wir mussten dann jedes Mal, wenn er sehnsuchtsvoll vor unserer Schiebetür zur Terrasse saß und miaute, den Zugang frei machen. Angesichts der nun deutlich gefallenen Temperaturen, gerade auch in der Abend- und Nachtzeit, war dieses permanente Stoßlüften mehr als lästig. Ungewünschte Kälte drang zu uns herein, was den Kater aber offensichtlich nicht scherte. Das Ganze gipfelte dann darin, dass sich diese Vorgänge an einem Abend oft mehrfach wiederholten und Losik oft schon nach fünf Minuten Ausgang plötzlich wieder Einlass begehrte, indem er dieses Mal auf der anderen Seite der Schiebetür saß und miaute. Es war äußerst lästig für uns, aber wir konnten es ihm nicht austreiben. Losik war inzwischen zum Freigänger geworden. Nach seinen Ausflügen zog es ihn, wie von einem festen Programmteil bestimmt, immer wieder mit Macht in die Küche, wo er dort sehr lautstark seine Forderungen nach Fütterung unterstrich, obwohl diese wenige Zeit zuvor bereits stattgefunden hatte. Es heißt ja nun auch: »Katzen haben keine Herren, sondern Diener«.

Nachdem wir beide ihm also hinreichend zu Diensten standen, zog er sich gesättigt und zufrieden auf unseren Wohnzimmerteppich zurück, wo er es sich vor dem lodernden Kamin und laufendem Fernsehgerät bequem machte. Wir schauten dann entweder irgendwelche Serien oder Spielfilme und unser Stubentiger verfolgte das Geschehen auf der für ihn wohl nur flimmernden und leuchtenden Mattscheibe. Losik mochte Fernsehen, wenngleich er auch nicht Handlung und Sprache der jeweiligen Sendung verstand. Auf jeden Fall schien es eine beruhigende Wirkung auf den Kater zu haben. Kurzum: das klassische Familienidyll zur Winterzeit.

Alle waren in einem Raum versammelt, die Stimmung war gelöst und entspannt und übertrug sich so auch auf unseren Liebling. Dies dokumentierte sich dann oft darin, dass er im Zustand absoluten Relaxings meist auf der Seite liegend, die Pfoten von sich gestreckt, eingeschlafen war und manchmal leise Schnarchtöne von sich gab. Ich hätte es nicht für möglich gehalten, dass auch Katzen schnarchen können. Wie er dann dort so dalag, sein weißes Bauchfell uns entgegenstreckend, die Pfötchen nach oben gerichtet, formte sich das Bild der absoluten Harmonie des Moments. Wir hatten unseren Kater liebgewonnen und wollten ihn nicht mehr missen. Er hatte einen festen Platz auch in unseren Herzen erobert.

Die Adventszeit rückte heran und es war an der Zeit Vorbereitungen zu treffen. Der Christbaum wird bei uns bereits am ersten Advent geschmückt und sämtliche Utensilien, welche benötigt werden, aus der Abstellkammer in Kartons von unten nach oben verbracht. Es folgt dann das Aufstellen und Zurechtmachen des Baumes, das Anbringen der Lichterkette, des Lamettas, der Engelchen und Strohsterne, sowie der Christbaumkugeln. Wie wir also so damit beschäftigt waren, folgte uns Losik mit neugierigen Blicken, erstaunt ob des ungewohnten Treibens. Offensichtlich war ihm diese Zeremonie nicht bekannt. Interessiert trat er an den Baum heran und betrachtete das Gehänge dort. Es schienen im Besonderen die glänzenden Christbaumkugeln gewesen zu sein, welche es ihm doch sehr antaten. Sie warfen ein konvexes Spiegelbild zurück, wenn man nahe genug herangetreten war.

Dies musste ihn derart fasziniert haben, dass sein Spieltrieb angeregt wurde und er versuchte zunächst mit nur einer Pfote eine auserkorene Christbaumkugel näher zu untersuchen und anzutatschen. Da spielten wir aber jetzt nicht mit. Diese Mal gab es von uns ein deutliches »NEIN« und wir verscheuchten ihn. Klaglos akzeptierte Losik den Verweis und wandte sich leicht frustriert seiner Lieblingsbeschäftigung, dem Fressen in der Küche zu.

8 JAHRESWECHSEL

Die Weihnachtsfeiertage und Sylvester waren gut überstanden und wir fragten uns, was uns das Neue Jahr wohl bescheren mochte. Auf jeden Fall freuten wir uns auf den kommenden kalendarischen Zeitabschnitt. Unser Stubentiger entwickelte sich prächtig. Sein Appetit war ungezügelt und der Tatendrang ungebremst. Also vollkommen natürliche Verhaltensmuster für einen Pracht-Kater wie es Losik war. Uns beiden war sehr an seiner Gesundheit gelegen und wir achteten auf die Darreichung ausgewogenen Katzenfutters. Dieses bestand üblicherweise aus Portionen von Nass- und Trockenfutter in jeweils separaten Futternäpfen.

So wie wir Zweibeiner uns einmal jährlich einem medizinischen Checkup unterzogen, gönnten wir auch Losik eine entsprechende Untersuchung, meistens im Frühjahr, in einer nahe gelegenen Tierarztpraxis. Die Prozedur des Transportes in der Trage Box mit dem Auto dorthin wurde von ihm anfangs mit einem äußerst klagenden, beinahe weinerlichen Miauen begleitet. Auf dem Untersuchungstisch verhielt er sich merkwürdigerweise wieder relativ ruhig und unaufgeregt und ließ dort alles über sich ergehen.

Jedes Mal konnte von Tierarztseite konstatiert werden: »Ihr Haustier ist gesund!« Dies war für uns Menschen eine beruhigende Vorstellung, denn schließlich wollten wir noch lange Spaß mit unserem Vierbeiner haben. Zur weiteren Prophylaxe gab man uns Wurm- und Flohkurpackungen in kleinen Ampullen mit auf den Weg, um ihn dann später damit zu behandeln.

Es ergab sich, dass Losik irgendwann im fortgeschrittenen Verlauf des neuen Jahres – es war bereits Sommer – von einem seiner Gartenausflüge über eine der Mauerkronen den Rückweg zur Terrasse antrat und Inna plötzlich bemerkte, dass der Kater offenkundig mit einer seiner Vorderpfoten humpelte. Wir setzten unsere Beobachtung auch am Folgetag weiter fort. Das Humpeln war jedoch weiterhin erkennbar. Wir begannen zu raten, was wohl die Ursache dafür gewesen sein mochte und kamen zum Schluss, dass sämtliche Spekulationen nutzlos seien, wenn wir die Pfote nicht selbst erst einmal einer genaueren Untersuchung unterzögen. Dabei stellte sich Losik sehr widerspenstig an. Er wollte es unter keinen Umständen zulassen, dass wir die kranke Pfote näher in Augenschein nahmen. Inna gelang es jedoch den Kater mit einem geschickten Griff etwas zu fixieren und wir konnten uns den Bereich, welcher uns Sorge bereitete, genauer betrachten. Unter seinen rosigen Tatzen waren deutliche Merkmale einer Rötung mit Hautablösungen erkennbar. Mit unserem laienhaften Veterinärverständnis tippten wir auf zwei Möglichkeiten: Entweder eine Verbrennung oder ein Pilzbefall an dieser Stelle, die er beim Auftreten belastete. Aber woher sollte er eine Verbrennung haben? Schließlich tanzte er nicht auf unseren Herdplatten herum und offenes Feuer gab es in der näheren Umgebung ebenfalls nicht.

Also blieb nur der Weg zum Tierarzt. Dort wurde uns bestätigt, dass es sich um einen Pilz handelte. Der Tierarzt gab uns ein Medikament mit, welches für die kommenden Tage unter Losiks Futter zu mischen war. Zugleich reichte er uns noch eine Heilsalbe, die entsprechend regelmäßig aufzutragen war. Wieder zu Hause angekommen, meinte Inna es wohl besonders gut mit der medizinischen Versorgung und bemerkte nur, dass es vielleicht Sinn machte, im Anschluss an die »Salbung« zusätzlich noch einen Wickelverband an die Pfote anzulegen; Dies offensichtlich in weiser Voraussicht, dass Katzen alles als Fremdkörper Empfundene sofort versuchen weg zu lecken. Ein ehrbares Vorhaben, doch haben wir die Rechnung in diesem Fall ohne den Wirt, sprich Losik, gemacht. Es schien, als ob er das Bandagieren widerspruchslos hinnehmen würde, nur um dann plötzlich aus der Behandlung aufzuspringen, sich wie ein geölter Blitz etwa drei Meter von uns zu distanzieren und sich dann durch schnelle, heftige Schüttelbewegungen der verletzten Pfote des unerwünschten Schutzes wieder zu entledigen. Ich glaubte in diesem Moment seine Gedanken zu durchschauen: »Ihr könnt

mich mal. Mit mir nicht«. Dass er zuvor beim Verbinden so brav stillgehalten hatte, war nichts anderes als ein geschicktes Täuschungsmanöver gewesen. Kurz und gut, einige Tage nach Medikamentenbehandlung und Pfotensalbungen, lief Losik wieder normal und der Pilz war besiegt.

JAGDZEIT

Freigang eröffnet ungeahnte Möglichkeiten. Eine Erkenntnis, zu welche unser Kater schnell gelangte. Ein sehr scharfer Kontrast seines bisherigen Lebens in der Großstadtwohnung zum neuen Dasein in unserem Zuhause. Losiks Entdeckerdrang war kaum zu bremsen und die Reichweite seiner täglichen und nächtlichen Ausflüge nahm doch beinahe unermessliche Züge an. Es war interessant ihn dabei zu beobachten wie er in unserem Garten die verschiedensten Düfte der dort blühenden Pflanzen intensiv aufnahm. Fast unmerklich, wenn er ruhig und entspannt auf einer der Mauerkronen saß, sein Schnäuzchen in die Luft reckte und dabei die unterschiedlichsten, wohltuenden Gerüche aufsog, bewegten sich rhythmisch beide Seitenpartien um das rosige Näschen herum. Losik genoss den Sommer und sein Katzenleben. Katzen unterscheiden nicht zwischen den von Menschen errichteten Grundstücksgrenzen eines beliebigen Areals. Einmal als Revier für sich selbst entdeckt und quasi als Claim abgesteckt, schien der Sprung in Nachbars Garten durch keinerlei Limitierungen bestimmt zu sein. Hier war der Ärger jedoch in einem Fall für uns »Herrchen« bereits vorprogrammiert.

Einer unserer Nachbarn nämlich fand die regelmäßigen Exkursionen auf dessen Grundstück eher weniger lustig, zumal es Losik oft nicht versäumte durch entsprechende Hinterlassenschaften dort aufzufallen. Das Entfernen der »Tretminen« war auch von uns zu einem nachvollziehbaren Ärgernis geworden. Weiterhin unternahm unser Kater auch Versuche, sich Zugang zum Wohnbereich über die Nachbarterrasse zu verschaffen, was auf überhaupt keine Gegenliebe traf. Auf diese Umstände direkt vom Betroffenen angesprochen, wussten wir während des stattfindenden Disputs auch keinen Rat, welche wirksamen Maßnahmen gegen diese Form der Umtriebigkeit getroffen werden können. Schließlich konnten wir ihn ja nicht dauerhaft in der

Wohnung eingesperrt halten oder irgendwo festbinden. Losiks Protestaktionen dagegen waren leicht vorstellbar.

Schließlich stellten wir Überlegungen an, ob auf der Mauerkrone ggf. ein sogenannter Katzenzaun dem Problem Abhilfe schaffen würde. Es wurden diverse Angebote eingeholt, Kalkulationen für die Länge des Katzenzauns abgefordert und später dann mit unserem Nachbarn erörtert. Die Mauer war Bestandteil unseres Grundstücks und somit waren wir berechtigt dort anzubringen, was wir für richtig hielten. Sinn und Zweck der Laufwegs-Begrenzung würden zwar erfüllt sein, aber schon das nächste Problem zeichnete sich ab: nämlich die Frage der Optik. In weiteren Gesprächen mit unserer Nachbarschaft kamen wir letztlich überein, von der Einzäunung abzusehen und alles im Urzustand zu belassen. Weder unser Nachbar noch wir selbst erachteten es als wünschenswert, durch diese Einzäunung den optischen Eindruck eines »Knastgeländes« entstehen zu lassen. Der Plan wurde also verworfen.

Losik behielt somit weiterhin ungehinderten Zugang zu diesem Teil seines Reviers und seine Zugangstaktik dorthin war stets dieselbe. Unsere Mauerkrone wurde als Absprungrampe benutzt, die Rückkehr auf dem gleichen Weg war ungemein schwieriger für Losik. Daher hat er sich den nachbarschaftlichen Sichtschutz als Kletterhilfe zu Nutze gemacht. Dieser bestand aus Holz und mehreren wechselseitig verschachtelten Lamellen und bildete in der Verlängerung der Terrassenmauer einen weiteren Abschluss zu den beiden Grundstücken. Unterhalb der Nachbarterrasse befand sich ein mit Glas bedachter Wintergarten. Von dort begab sich Losik auf seinen Rückweg, indem er mit seinen Pfoten die Lamellen des unteren Sichtschutzbereiches erklomm und sich dann peu à peu nach oben schaffte, unsere Seite dann erblickte und oft mit einem lauten Plumps in seinem und unserem angestammten Bereich aufschlug.

Losiks fortgesetztem Ausflugsvergnügen stand also weiterhin nichts im Wege. Natürlich nutzte er seine Möglichkeiten besonders auch für die nächtliche Jagd. Sein Instinkt war inzwischen geweckt. In der warmen Jahreszeit kreucht und fleucht alles und überall und auch besonders im Bodenbereich. Gefiederte Lebe-

wesen inspirierten ihn gleichermaßen wie fellbewehrte Boden-
bewohner. Das eigentliche Jagdverhalten war absolut katzen-
typisch. Eine passende Stelle im Garten ausgesucht, ein kleines
Erdloch vielleicht und dann die Lauerstellung und geduldiges
Abwarten, um dann im richtigen Moment zuzupacken. Weil sich
derartige Szenarien häufig in der Nacht abspielten und wir als
noch Berufstätige dem Ruhebedarf nachzugeben hatten, blieb
es uns verwehrt an den jeweiligen Jagdgeschehnisse gleichsam
live teilzuhaben. Jedoch hatte Losik es uns ermöglicht, an dessen Erfolge mit zu partizipieren, was sich nach Heranschleppen
gefangener Beute durch kehlig klingende Laute aus seinem mit
Mäusen gestopftem Maul äußerte. Das gewohnte Miauen blieb
ihm eben durch die Beutelast verwehrt. Aber seinen Sinn erfüllte
es in der Lautstärke allemal. Losik hatte voller Stolz seinen Fang
bei uns angemeldet und mit unserer Nachtruhe war es vorbei.

Man sagt, das Ablegen von Beute – bei uns geschah es häufig auf dem Teppich – sei ein Liebesbeweis des Haustieres an
seine Besitzer. Nur hatte unser Kater so gewisse Eigenarten mit
der sogenannten Nachbehandlung von erbeuteten Kleintieren,
Mäusen und gelegentlich auch Ratten. Er hielt sich seine eigene Entscheidung für oder gegen sofortiges Töten nämlich offen.
Falls das gefangene Tier noch lebte, entließ er es oft aus seinem
Maul auf unseren Teppich und begann danach seinem Spieltrieb
nachzugeben. Es äußerte sich dann meistens dadurch, dass er je
nach Schwere der Verletzung die Beute abzulecken begann und
wieder aufnahm oder das geschockte und oft orientierungslo-
se Tier versuchte, irgendeinen Weg aus der Krallen-Nähe für
sich zu finden, um dann durch Losiks Pfoten immer wieder
eine Kurskorrektur zu erfahren, je nachdem, welche Richtung
es einzuschlagen versuchte. Wollte es nach links ausweichen,
bugsierte Losik es in die andere Richtung und umgekehrt. Das
konnte dann minutenlang so anhalten, bis er schließlich die
Lust verlor und die Maus oder Ratte ihrer Wege ziehen ließ. Für
uns erwuchsen dadurch natürlich weitere häusliche Probleme,
denn wir hatten jetzt einen ungebetenen Hausgast, den wir nun
mühsam aufspüren mussten, um ihn aus dem Wohnbereich zu
verdrängen.

Einen ungewöhnlichen Fang machte unser Stubentiger in einer Sommernacht, als er wieder einmal mit bekannter Lautstärke »einen Fang anmeldete«. Inna und ich, aus dem Tiefschlaf gerissen, machten uns auf nach oben in unseren Flurbereich, wo Losik – noch mit seiner Beute im Maul – scheinbar schon voller Stolz auf uns wartete. Als er dann zufrieden bemerkte, dass nun auch wir seinen Fang registriert hatten, entließ er diesen auf dem Boden und was wir nur ganz kurz zu Gesicht bekamen, hatte morphologisch weder mit einer Ratte noch einer Maus etwas gemeinsam. Der Augenblick zur näheren Identifizierung war eigentlich zu kurz, denn das erbeutete Tier verschwand blitzartig und Deckung suchend unter dem im Flur stehenden Sideboard und gab von dort unten ungewohnter Laute von sich. Meine Frau und ich sahen uns an und rätselten, was es wohl sein könnte, was sich da gerade aufhielt. Nur durch die jetzt folgenden Aktionen konnten wir Aufschluss erhalten.

Also versuchten wir das doch recht schwere Sideboard nebst seinem gewichtigen Inhalt irgendwie beiseite zu schieben. Dabei war uns der Flurteppich im Weg, so dass erst dieser entfernt werden musste. Nun stand das Sideboard nicht mehr parallel zur Wand, sondern eher halbschräg davor. Die Laute darunter waren unüberhörbar und glichen irgendwie einem sehr energischen Quieken. Das Tier selbst war immer noch nicht zu sehen. Wir unternahmen daher weitere Anstrengungen, indem wir durch zusätzliches Verrücken und Kippen des Möbelstücks seiner habhaft zu werden versuchten. Sämtliche Bemühungen bis dahin schienen vergebens, als wir noch einen Pflanzenstock zum Stochern zur Hilfe nahmen und das Wesen sich nun endlich schnell und behände aus seinem Versteck wagte. Es war von seinen Körpermaßen mit einer Ratte vergleichbar, jedoch hatte es nur einen kurzen Stummelschwanz, hatte ein schwarzes, seidig glänzendes Fell, ein etwas spitz zulaufendes Schnäuzchen, sowie Pfoten, welche eher Grabschaufeln glichen. Es handelte sich um einen Maulwurf. Inna warf gedankenschnell ein gerade greifbares Handtuch über das Tier und spürte sofort die energischen und kraftvollen Fluchtbewegungen, mit welchen sich der Erdbewohner zur Wehr setzte. Wir entließen ihn an sicherer Stel-

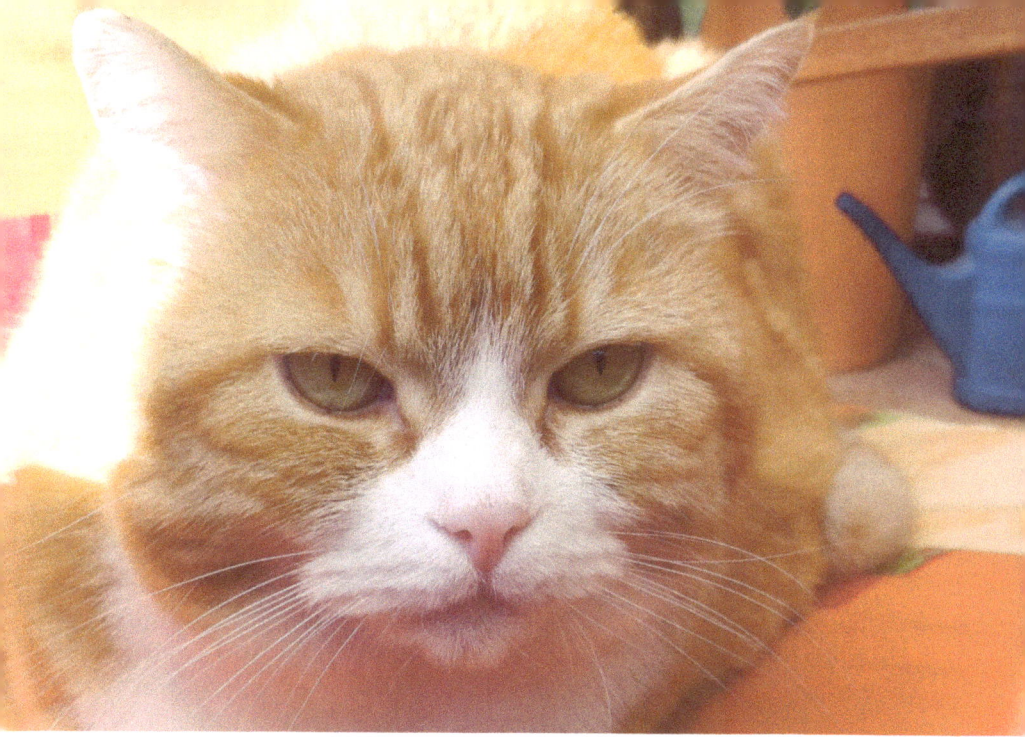

le in einem Nachbargarten gegenüber unserer Hauseingangstür, wo Losik keinen weiteren Zugang hatte. Für alle Beteiligten ein aufregendes Erlebnis. Für Losik wegen seines Jagderfolgs, für den Maulwurf, dass er am Leben bleiben durfte, und für uns, deren Nachtruhe nun nachhaltig unterbrochen war.

So grausam uns Menschen derartige Jagd- und Tötungsszenarien erscheinen mögen, es gehört nun einmal zur Natur. Halten wir uns doch einfach vor Augen, dass der Mensch um ein Vielfaches grausamer sein kann.

10 URLAUB UND TRENNUNG

Es ergibt sich nun auch einmal, dass Zweibeiner ihren wohlverdienten Urlaub antreten wollen. Was also in der Zwischenzeit mit dem geliebten Vierbeiner anstellen? Die Grundversorgung muss ja während der Abwesenheit sichergestellt sein. Fragen, welche auch wir uns zu stellen hatten. Fragen, welche nach gangbaren Lösungen verlangten. Eines war klar: Katzen sind stark ortsgebunden und Flug- oder lange Autoreisen waren nicht zumutbar, zumal in vielen Unterkünften Haustiere oft nicht erlaubt sind. Schließlich fragten wir uns, ob wir überhaupt wegfahren konnten. Dies verwarfen wir jedoch sogleich wieder, weil wir der Ansicht waren, den Urlaub verdient und nötig zu haben. Also hielten wir Ausschau nach Unterbringungsmöglichkeiten für Losik und wurden fündig.

Eine Katzenpension im Nachbarort fiel uns auf, welche scheinbar ideale Entfaltungsmöglichkeiten für Stubentiger bot. Sie wurde von einer älteren Dame geleitet, einer verwitweten Arztgattin, welche eine äußerst repräsentative Villa mit riesigem Gartenareal bewohnte. Ihre dort betreuten Pflege-Vierbeiner waren in ihrer Anzahl kaum noch überschaubar und auf insgesamt drei bis vier Wohnräume verteilt. Die Ausstattung dort war artgerecht. Überall waren Kratzbäume und Katzenhäuser sowie Spielsachen und mehrere Futternäpfe aufgestellt. Ich schätzte, dass es ungefähr vierzig Tiere sein mußten, welche dort Aufnahme fanden. Eines fiel Inna und mir sofort auf; Es war der tierische Gestank, welcher sich dort penetrant verteilte. Wir glaubten nicht, dass es von den Ausscheidungen herrührte. Vielmehr hatten wir das herumstehende Futter in den zahlreichen Näpfen in Verdacht, welches seinen Eigengeruch verströmte. So weit so gut. Unser Losik musste sich ja daran nicht stören. Was uns weitaus mehr gedanklich beschäftigte, war wie er mit seinen Artgenossen klarkommen würde, denn er war ein Einzelgänger. Auf jeden Fall sollten wir noch Gelegenheit bekommen, diesen Punkt mit der Heim- bzw. Pensionsleiterin zu besprechen. Die zuvor erwähnte, ältere Dame gab sich als recht sympathisch und verständnisvoll und ich merkte an ihren unterschwellig vorhandenen Dialektresten, dass sie wohl so wie ich auch aus dem Hessischen stammte. Es stellte sich heraus, dass sie ihre Jugend in Frankfurt am Main verbracht hatte und wir kamen ein wenig ins Schwadronieren. Scherze und Witze in Mundartform, welche nur ein Hesse verstehen konnte, wurden herzlichst ausgetauscht. Vom Comedy-Duo »Badesalz« hielte sie nicht so viel. Das Duett sei ihr zu ordinär, die Gags offensichtlich zu derb. Ok, über Geschmack lässt sich bekanntlich streiten. und deshalb waren wir mit unserem Kater ja auch nicht dorthin gekommen.

Es galt nun die Frage zu klären, ob man unserem Stubentiger auch einen Einzelraum zur Verfügung stellen könne. Dies wurde bejaht und etwas schweren Herzens entließen wir Losik in seiner zwischenzeitlich nächsten Unterkunft, wenn auch nur befristet für sieben Tage. Das konnte er jedoch nicht wissen und so schaute er uns bei der Verabschiedung doch schon vorwurfsvoll an. Was in einem solchen Moment in einem Katerköpfchen dann so vor sich geht, lässt sich nur schwer erahnen.

Von »abgeschoben« über »aufgegeben« bis »verlassen« konnte das komplette Gedankenspektrum eines »sitzen gelassenen Haustieres« angefüllt sein. Unter der Zusicherung der Heimleitung, man würde sich liebevoll während unserer Abwesenheit um den Schutzbefohlenen kümmern, verabschiedeten wir uns, nicht ohne Losiks Impfpass zur Sicherheit dort zu deponieren. Man weiß ja nie!

So begaben wir uns also doch mit reichlich Schuldgefühlen beladen in unseren Urlaub und gelobten uns gegenseitig wenigstens einmal in der Katzenpension anzurufen, um uns nach Losiks Wohlbefinden zu erkundigen. Nach etwa vier Tagen griffen wir in den Abendstunden zum Telefonhörer und riefen in der Pension an. Unserem Losik ginge es gut, versicherte man uns. Wir bräuchten uns keine Sorgen zu machen. Täglich würde mit ihm gespielt und geschmust werden. Es sei alles in bester Ordnung.

Diese Aussagen verschafften uns doch etwas Erleichterung und der Rest unseres Urlaubs konnte unbeschwerter angegangen werden. Inzwischen wieder zu Hause angekommen, war nach dem Kofferabstellen das zügige Abholen unseres Lieblings angesagt. Als wir in der Katzenpension eintrafen und zu Losiks Bleibe geführt wurden, mussten wir erst einmal unter der Vielzahl seiner Artgenossen und der dortigen Verstecke wie Katzenhäuser, Zimmerecken etc. schauen, wo er abgeblieben war. Schließlich entdeckten wir ihn, wie sein unverkennbarer Katerkopf aus einem der Katzenhäuschen etwas herausragte. Bewegungslos und mucksmäuschenstill lag er dort größtenteils versteckt und machte keine Anstalten, heraus zu kommen und uns zu begrüßen. Wir wussten in diesem Moment nicht, wie das zu deuten war. Es gab zwei mögliche Gründe für sein Verhalten: Entweder war er stocksauer auf uns oder er war total paralysiert in dieser ihm fremden Umgebung.

Wir waren leider keine Katzenpsychologen, aber vertraten die feste Überzeugung, dass letztere Option die zutreffende war. Wieder in unserem Zuhause zu dritt vereint, begann Losik erst einmal gründlichst alle für ihn in Betracht kommenden Ecken und Gegenstände zu untersuchen. Selbstverständlich wurden hierbei auch sein Futterplatz und die Stelle seines Katzenklos nicht ausgenommen. Als er nun zu seiner eigenen Feststellung gelangte, dass nach seiner Maßgabe alles in Ordnung und er endlich wieder daheim angekommen war, marschierte er zielstrebig, zum Freigang bereit, in Richtung seiner geliebten Terrasse. Einzig die im Winter geschlossene Schiebetür hinderte ihn noch am Ausgang. Da begann er endlich, sich auch akustisch wieder zu Wort zu melden. Was dann aber an merkwürdigen Lauten seine Katzenkehle verließ, hatte mit einem Miauen nichts mehr gemeinsam. Vielmehr kam nur noch ein äußerst heiseres Krächzen heraus, das sich auch nicht sofort wieder legte.

Es war wohl der Aufregung und dem Stress der voran gehenden Tage geschuldet, dass er sich vor der Schiebetür erbrach und sich auch anderer Ausscheidungen dort entledigte. Unter regulären Umständen hätte Losik dies in unserem Wohnbereich nie getan. Und so gelangten meine Frau und ich zur Übereinkunft: Nie wieder Tierpensionen für Losik!

11 OSAMA BIN KATER

Während sich in unserem Leben als Dreiergespann alles so allmählich und zur Selbstverständlichkeit einpendelte, geschah es immer wieder gelegentlich und unverhofft, dass Losiks Kontrahent, Osama bin Kater, so wie wir ihn nannten und welcher ihm früher schon häufig zugesetzt hatte, hin und wieder mal für Störfeuer sorgte, sprich für Attacken auf unseren Liebling. Letzterer hatte dann in dem Kampfgeschehen meistens auch das Nachsehen. In der Phase, während derer Losik inzwischen zum Senior gereift war, begab es sich irgendwann in einem Sommermonat zurück liegender Jahre, dass mich Inna im Morgengrauen weckte und mir mitteilte, dass wir ungebetenen Besuch in unserem Wintergarten hätten. Ich möge doch bitte aufstehen und beim Nachsehen behilflich sein. Sie glaubte, Osama als Einbrecher identifiziert zu haben. Und so war es denn auch.

Der Kampfkontrahent von Losik hatte es – wie auch immer – geschafft, durch eines der zum Wintergarten gekippten Fenster vom Außenbereich nach innen durchzudringen. Wie dies möglich gewesen sein sollte, bleibt für mich bis heute ein Rätsel. Fakt war: Osama hatte es wirklich geschafft. Der offene Spalt des Wintergartenfensters verjüngte sich in der Richtung von oben nach unten. Durch den oberen Spaltbereich hindurch zu schlüpfen war zwar möglich, aber selbst für einen ausgewachsenen Kater mit Gewissheit recht mühsam. So musste Osama, welcher offensichtlich mit Macht nach innen gedrängt hatte, scheinbar recht aufwändig die obere Spaltöffnung für seinen Durchgang nach drinnen irgendwie genutzt haben. Mit einem lauten Plumps schlug er dann im Wintergarten dort auf, wo wir unsere Pflanzen zum Teil auf hierfür vorgesehenen Tischen aufgestellt hatten. In dem Augenblick, wo ich hinzustieß, befand er sich noch genau dort und versuchte sich auch in dem grünen Dickicht irgendwie zu verbergen, oder zumindest Zuflucht vor menschlichem Zugriff zu suchen. Die Aufregung, nun seiner endgültig habhaft zu werden, war zwischen Inna und mir entsprechend groß. Es gelang mir den Kater an einer Pflanze, an welcher er sich mit allen Pfoten gleichzeitig festklammerte, zu packen und ihn dingfest zu machen. Vorsichtig löste ich seine Pfoten von der umklammerten Pflanze, packte ihn und stopfte ihn in einen Seesack, um diesen anschließend ordentlich zu verschnüren. Ich hatte das Gefühl, dass Osama im selben Moment, da ich ihn von der Pflanze losmachte, markte, dass weiterer Widerstand nun zwecklos war. Er hatte »die Waffen gestreckt« und sich widerstandslos ergeben. Im Seesack eingesperrt verhielt er sich ruhig und ohne irgendeinen Mucks. Was also nun mit Osama anstellen?

Ich erhielt unmittelbare Order von Inna, das Tier soweit wie möglich von unserem Wohnort zu deportieren und am besten so, dass Rückkehrmöglichkeiten an seine frühere Wirkungsstätte ausgeschlossen bleiben. Also bemächtigte ich mich des Seesacks mitsamt seinem Inhalt und begab mich zu meinem Fahrzeug, um die Strecke in Richtung Rhein anzutreten. Es war wohl noch keine sechs Uhr in der Früh, als ich startete. Nach etwa fünfundzwanzig Minuten erreichte ich das unserem Wohnort abgewandte Ufer des Rheins, wo ich Losiks Kontrahenten neue Freiheit im Gelände einer dort befindlichen Pferdekoppel mit ausreichendem Busch- und Strauchwerk schenkte.

Ich öffnete meinen Kofferraum, entnahm den Seesack, löste die Verschnürung an dessen Ende und entließ Losiks »Nemesis« aus seinem Gefängnis. Einer großen Aufforderung den Seesack zu verlassen, bedurfte es nicht. Blitzartig schoss Osama heraus, schaute sich nur kurz nach möglicher Deckung um und verschwand mit schnellen Sprüngen hinter einem der Gebüsche. Wieder zu Hause angekommen, musste ich einen kurzen Report zur Deportation abgeben und der gemeinsamen Hoffnung Raum verschaffen, dass es dieser »Störenfried« doch schaffen mochte, eine passende Versorgungsstelle oder Bleibe zu finden, um sich weiter durchzuschlagen. Von dem Zeitpunkt an, als dies auch ganz im Sinne von Losik nun geklärt war, hielten paradiesische Zustände für unseren Liebling Einzug. Es gab fortan kein Lebewesen mehr, welches seinen Katzenfrieden negativ beeinträchtigt hätte.

12 ABGÄNGIG

Die Zeit schritt voran und Losik genoss sein Leben in unserer Obhut. Als Freigänger nutzte er seine Möglichkeiten auch für ausgedehntere Ausflüge. Jedoch kehrte er immer wieder in einem angemessenen Zeitrahmen zu seinem und unserem Zuhause zurück, nicht ohne seine Ankunft jedes Mal mit lautstarkem Miauen anzukündigen. Es war – ohne, dass wir es wissen sollten – sein vorletztes Lebensjahr. Wir erfreuten uns weiter an der prächtigen Entwicklung unseres geliebten Vierbeiners. Inzwischen schien sich der Winter verabschieden zu wollen, um dem Frühling Platz zu machen. Es war Mitte März und alle befanden sich in froher Erwartung auf bevorstehende freundlichere und wärmere Tage. Die Vorboten des aufkommenden Frühjahrs sandten erste Signale aus. Losik schien dies auch zu spüren. Für ihn nichts Ungewohntes, denn den Wechsel der Jahreszeiten hatte er ja während seines bisherigen Katzenlebens bereits mehrfach erleben dürfen.

Eines Abends setzte er wie gewöhnlich zu einem Patrouillen-Gang an, verließ den Terrassenbereich, um anschließend sein Revier auch über unsere Grundstücksgrenzen hinweg zu untersuchen. Nur, dass wir nicht darauf vorbereitet waren, dass er nicht zurückkehrte.

Anderentags blieb am frühen Morgen der übliche Weckprozess unseres Katers aus. Es war still in der Wohnung. Da war niemand, der zu seinem Futternapf drängte. Inna hatte Vorbereitungen für ihren bevorstehenden Arbeitstag zu treffen. Beide machten wir uns schon leichte Sorgen, beruhigten uns aber zugleich wieder, denn in früheren Jahren kam es auch schon einmal vor, dass er sich eine längere Auszeit genommen hatte und erst am späten Vormittag des Folgetags seinen Rückweg zu uns antrat. Durch lautes Ausrufen seines Namens in unserem Garten unternahmen wir also zunächst erste Versuche, ihn wieder aufzutreiben und zur Rückkehr zu animieren. Doch da war nichts. Keine Reaktion. Losik blieb verschwunden. Der Abend nahte heran und Inna war nach anstrengendem Arbeitstag inzwischen wieder zu Hause. Jetzt nahm unsere beiderseitige Beunruhigung schon beängstigende Formen an und der Projektor für das Kopfkino war am Anlaufen. Gedanken durchschossen uns; was wäre, wenn er keine Möglichkeit zu einer Rückkehr hatte, weil er irgendwo verletzt herum lag. An das allerschlimmste wollten wir überhaupt nicht denken. Über all dem schwebte eine alles beherrschende Frage: Wo steckte er? So berieten wir also, was wir unternehmen konnten, während Angst und Sorge um unseren Stubentiger quasi im Gleichmaß stiegen. Was also blieb an möglichen wirkungsvollen Maßnahmen, unseren Liebling bald wieder in die Arme schließen zu dürfen?

Wir beschlossen als erstes in unserer Nachbarschaft nachzufragen, ob irgendetwas von Losiks Verbleib bekannt sei. Leider stießen wir nirgendwo auf Hinweise, die uns weitergebracht hätten, außer auf mitfühlende Gesichter der Angesprochenen und den Zusagen, die Augen offen zu halten. Mittlerweile unternahm der Winter nochmals Anstrengungen, seinem Namen in dieser Zeit alle Ehre zu machen. Einer vorangehenden Regenperiode folgte ein Temperatursturz, der besonders den Nächten nochmals Frost bescherte. Es fiel sogar ein wenig Schnee. Von Losik immer noch keine Spur.

Ängste und Sorgen, verknüpft mit den schlimmsten Vorstellungen, warfen die ewig gleichen Fragen auf und wir schienen uns in einem lähmenden Kreislauf zu bewegen. Wo konnte er sein? Liegt er irgendwo verletzt und kommt eigenständig nicht weiter? Ist er vielleicht in einem Keller oder Verschlag eingesperrt und findet nicht heraus? Die schlimmste aller in Betracht kommenden Möglichkeiten wollten wir gar nicht aussprechen. Die Frage nämlich, ob er noch am Leben war. Was war, wenn er von einem Auto angefahren wurde? So machten wir uns auf die erneute Suche nach Losik und klapperten sämtliche in der Nähe befindlichen Haupt- und Nebenstraße sowie dazwischen liegende Grundstücke ab, welche wir von außen, soweit es möglich war, einzusehen versuchten.

Aber da war nichts. Es kam nun die Idee auf, ihn steckbrieflich zu suchen. Also setzte ich mich an meinen Computer und entwarf einen solchen Steckbrief mit den typischen und unverkennbaren Merkmalen unseres Lieblings. Ein Foto von ihm scannte ich zusätzlich ein und wir begannen mit mehreren Kopien – welche wir vorsichtshalber in regenfeste Folie steckten – sämtliche in Betracht kommenden Ansteckmöglichkeiten, wie Straßenlaternen, Hauswände etc. damit zu versehen. Damit natürlich verknüpft unsere stille Hoffnung, dass es helfen mochte. Doch die Hoffnung war trügerisch, denn Losik blieb weiterhin abgängig. Unser steckbrieflicher Aufruf verpuffte wirkungslos.

Als nach zwei Tagen hierauf keinerlei Reaktion erfolgte, beschlossen wir alle umliegenden Tierheime der näheren Umgebung zu kontaktieren. Zugleich die Frage stellend, ob zu unserem Problem dort irgendetwas bekannt sei, verschickten wir präventiv unseren Steckbrief per Mail nach jeweils verneinender Antwort des kontaktierten Heimleiters. Wir waren mit den Nerven total herunter und waren schon bereit, die Hoffnung auf ein Wiedersehen mit Losik aufzugeben. Eine Woche war nun vergangen. Von Katzen ist bekannt, dass sie durchaus auch nach längerer Abgangszeit wieder zu ihrem Heim zurückfinden. Andererseits mussten wir den Dingen realistisch ins Auge blicken. Nach Verstreichen einer für uns so langen Zeit, musste die Hoffnung gegen Null gehen und stattdessen die Verzweiflung und der Schmerz überhandnehmen.

An einem Donnerstagabend dann im März, ich hatte mich bereits zur Bettruhe begeben und war von schlimmen Gedanken übermannt eingeschlafen, gab es im Flur unseres Souterrains ein plötzliches Hallo und Inna weckte mich mit einem freudigen Ausruf:»Losik ist wieder da, hurra hurra!«. Noch im Halbschlaf befindlich meinte ich zu träumen, rieb mir die Augen, das Schlafzimmerlicht wurde eingeschaltet und da standen sie wie von einem Glorienschein umgeben, mitten im Türrahmen. Inna mit Losik auf dem Arm. Der Kater sah mich noch im Bett liegend mit seinen großen Augen an und stieß ein paar aufgeregte Maunz-Laute aus. Man kann sich kaum vorstellen, wie groß die Freude in unserem Heim war. Freudentänze wurden aufgeführt und Losik wurde zigfach geherzt, nur um ihn dann an seine Lieblingsstelle nach oben in die Küche zu begleiten und den Futternapf zu füllen. Uns fiel auf, dass er in der Zeit seines Abgangs wohl wenig bis kaum zu Fressen bekommen hatte. Gefühlt war der Kater um ein bis zwei Kilo leichter und es war ihm auch anzusehen. Die nächsten folgenden Aktionen waren eine ausgiebige Untersuchung beim Tierarzt, wo entzündete Stellen am Zahnfleisch und kleine Verletzungen im Rachenbereich festgestellt wurden. Nichts Ernstes jedoch, weshalb wir uns sorgen mussten. Ein Medikament zur weiteren Behandlung wurde verschrieben und was wir uns beide für den Fall des Wiederauffindens geschworen hatte, wurde sogleich in der Praxis umgesetzt: Losik wurde zu seiner und unserer Sicherheit gechipt. Nicht, dass wir uns einen weiteren Abgang gewünscht hätten, aber man weiß ja nie. Eine sich uns aufdrängende Frage wird wohl nie geklärt werden können und auf ewig Losiks Geheimnis bleiben: Der Aufenthaltsort in der Zeit seines Verschwindens.

13 *MASTER AND SERVANTS*

Losik schien seine zwischenzeitliche »Abtrünnigkeit« gut überstanden zu haben. Sein Appetit war wieder deutlich angeregt.
Auffällig war jedoch nach der Episode seines Verschwindens
und unverhofften Wiederauftauchens seine für uns neue Häus-
lichkeit. Die ehemals ausgedehnten Exkursionen wurden sowohl
in zeitlicher Hinsicht als auch in deren geographischer Reichweite freiwillig signifikant reduziert. Die Häufigkeit des Frei-
gangs allerdings nicht. Er hatte sich angewöhnt sich möglichst

im Bereich unserer eigenen Grundstücksgrenzen zu bewegen und kehrte auch nach relativ kurzer Frist meistens binnen einer Stunde wieder in unsere menschliche Nähe zurück. Es war augenscheinlich, dass er nach den Erfahrungen seines längeren Abgangs mehr denn je unsere Nähe und noch engere Anbindung suchte. Offensichtlich hatte ihn dieses Ereignis doch sehr geprägt und es sah so aus, als hätte unser Kater eine Lernkurve durchschritten. Er wusste nun genau, wo er hin gehörte, und wo es ihm gut erging. Immerhin durfte er davon ausgehen, dass er von uns sein regelmäßiges Futter bereitgestellt bekam. Dies wurde, so erschien es uns zumindest, offenkundig sehr wertgeschätzt. Was das Rollenverständnis zwischen Mensch und Tier betraf, so waren die Verhältnisse auch zweifelsfrei geklärt. Wir waren seine Dosenöffner und wenn wir ihm nicht sofort zu Diensten standen, so wurde das mit einem unüberhörbaren Miauen seinerseits protestartig kommentiert, und je länger wir ihn bei der Befehlsausführung warten ließen, desto lautstarker wurde das Miauen.

Losik konnte aber auch anders, auf die geschmeidige Art. Wenn sich jemand von uns im Wohnzimmer befand, war der Schritt in die Küche nicht mehr weit. Er brauchte dann nur mehrfach um unsere Beine zu streichen, sein Köpfchen daran zu reiben, den Schwanz kerzengerade aufzustellen und die für ihn richtige Richtung im Laufschritt schon einmal einzuschlagen. Nach wenigen Metern hielt er kurz inne, nur um zu kontrollieren, ob wir Zweibeiner sein Gehabe auch richtig deuteten, indem wir ihm folgten. War dies der Fall, war alles ok. Wenn nicht, dann verlieh er seinen Forderungen lautstark entsprechenden Nachdruck. Kurz und gut: Es war klar, wer hier welche Funktionen zu übernehmen hatte, um den Hausfrieden aufrecht zu erhalten, sprich für Losiks Zufriedenheit zu sorgen. Wir Zweibeiner und unsere Rolle war auf die eines Dieners reduziert. Wir hatten zu parieren. Dennoch glaubten wir in seinem Verhalten so etwas wie Zuneigung zu verspüren.

Oft, wenn wir noch schliefen, gesellte er sich zu uns, indem er sich neben uns auf das Bett dazulegte und geduldig abwartete, bis jemand von uns wach wurde und mit ihm aufstand, um zweckgerichtet zum Funktionsbereich »Küche« zu gelangen. In der Zeit bis dahin war er durchaus für Schmuseeinheiten zu haben, ließ sich streicheln oder kraulen oder ganz einfach nur liebkosen.

Ein unerlässliches Ritual war das regelmäßige Fellbürsten, auch Kämmen von uns genannt, während der Werktage, wenn Inna am späten Nachmittag nach Hause kam. Noch bevor der Haustürschlüssel überhaupt sein Ziel im Türschloss fand, spürte Losik lange zuvor, dass jetzt bald eines seiner geliebten Herrchen oder Frauchen die Wohnung betreten würden. Er sprang dann aus seiner Sitz- bzw. Liegeposition sofort auf, um sich schnellen Schritts in Richtung Wohnungseingang zu begeben. Kaum war die Tür geöffnet, folgte ein stets wiederkehrendes Begrüßungsritual. Zunächst wurden die Einkaufstaschen an der Wand abgestellt, diese sogleich durch neugieriges Beschnüffeln seitens Losik nach dessen Inhalten begutachtet, um sich dann zeitgleich für die folgende Prozedur des Fellbürstens auf dem Flurteppich bereit zu machen. Dies tat er meistens, indem er sich erst einmal sehr lange streckte, die Vorderpfoten weit voraus nach vorne gerichtet, Kopf und Oberkörper bereits nach unten gebeugt, das Hinterteil und der Schwanz noch steil nach oben gestellt, um sich zuletzt ganz bequem und vollständig auf seiner Unterlage auszubreiten. Dann folgte das Kämmen. Und mit offensichtlich großem Genuss ließ er den Vorgang über sich ergehen. Bei Tieren spricht man oft von der Konditionierung. Losik wusste sehr genau, dass im Anschluss quasi wie eine festgelegte Regel nun das folgte, was ihn naturgemäß am meisten interessierte. Die Fütterung!

Es war klar: Losik war der unumstrittene Herrscher in unserem Haushalt. Er war der King! Aber er war auch noch mehr für uns: Er war unser Freund! Und das ist das Wichtige, was zählt.

Gewiss lässt es sich trefflich darüber streiten, ob unser Stubentiger ein ähnliches Rollenverständnis hatte, aber als Mensch spürt man, wenn man Zuneigung von seinem Haustier entgegengebracht bekommt. Gerade dann, wenn man viele Jahre mit ihm zugebracht hat. Da sind wir uns ganz sicher.

ABSCHIED FÜR IMMER

Der Stachel des Schmerzes sitzt tief, wenn man ein lieb gewonnenes Lebewesen für immer aufgeben muss. Ohne im beginnenden Hochsommer Losiks letzten Lebensjahrs zu erahnen, dass uns nur noch eine kurze gemeinsame Zeit blieb, hatte ich schon Wochen und Monate zuvor das Gefühl, dass unser geliebtes Haustier abseits jeglicher Futterforderungen uns etwas mitteilen wollte. Dies äußerte sich in jeweils nur kurzen Momenten, als er ruhig dasitzend häufig mit ganz großen Augen zu mir aufblickte, mich dabei in einer Weise ansah, bei der ich glaubte, er mochte jetzt etwas Wichtiges loswerden. Unsere Blicke begegneten sich nicht einfach nur. Vielmehr ruhten sie gleichsam ineinander. Diese denkwürdigen Momente kamen tatsächlich nicht oft vor, jedoch erwuchs bei mir der Eindruck, dass sie sich im letzten Lebensabschnitt von Losik häuften.

Dann geschah das, wovor wir stets Angst hatten. Der unfassbare Verlust durch den plötzlichen Tod unseres geliebten Vierbeiners, der unser Leben so nachhaltig bereichert hat.

Nirgendwo gibt es eine Rezeptur, wie man den Schmerz nach einem solchen Ereignis mildern könnte. Es ist gut und richtig zu trauern. Irgendwann jedoch muss der Blick wieder nach vorne gerichtet sein und sich zugleich auch öffnen können für einen Neuanfang. Losik aber werden wir niemals vergessen. In unseren Herzen wird er für immer weiterleben.

Bei dieser Gelegenheit fällt mir die tröstliche Geschichte von der Regenbogenbrücke ein, welche ich an passender Stelle nicht vorenthalten mag.

Es gibt eine Brücke, die den Himmel und die Erde verbindet. Weil sie so viele Farben hat, nennt man sie die Regenbogenbrücke. Jenseits der Brücke liegt ein wunderschönes Land mit blühenden Wiesen, mit saftigem grünem Gras und traumhaften Wäldern.

Wenn ein geliebtes Tier die Erde für immer verlassen muss, gelangt es zu diesem wundervollen Ort. Dort gibt es immer reichlich zu fressen und zu trinken, und das Wetter ist immer so schön und warm wie im Frühling.

Die alten Tiere werden dort wieder jung und die kranken Tiere wieder gesund. Den ganzen Tag toben sie vergnügt zusammen herum. Nur eines fehlt ihnen zu ihrem vollkommenen Glück: Sie sind nicht mit ihren Menschen zusammen, die sie auf der Erde so geliebt haben.

So rennen und spielen sie jeden Tag miteinander, bis eines Tages eines von ihnen plötzlich innehält und gespannt aufsieht. Seine Nase nimmt Witterung auf, seine Ohren stellen sich aufrecht, und die Augen werden ganz groß. Es tritt aus der Gruppe heraus und rennt dann los, über das grüne Gras. Es wird schneller und schneller, denn es hat Dich gesehen!

Und wenn Du und Dein geliebtes Tier sich treffen, gibt es eine Wiedersehensfreude, die nicht enden will. Du nimmst es in Deine Arme und hältst es fest umschlungen. Dein Gesicht wird wieder und wieder von ihm geküsst, deine Hände streicheln über sein schönes weiches Fell, und Du siehst endlich wieder in die Augen Deines geliebten Freundes, der so lange aus Deinem Leben verschwunden war, aber niemals aus Deinem Herzen.

Dann überquert ihr gemeinsam die Regenbogenbrücke und werdet von nun an niemals mehr getrennt sein.

ÜBER DEN AUTOR

Thomas Martin, geboren 1956 in Würzburg am Main, schloss nach dem Abitur die berufliche Ausbildung zum Industriekaufmann ab, woraufhin eine langjährige Vertriebstätigkeit bei zwei Global Playern der IT-Branche folgte. Verschiedene, teils auch berufsbedingte Stationen führten ihn 1995 aus dem Südhessischen in das Rheinland. In 2009 schließlich schlug er sein Zelt gemeinsam mit Ehefrau Inna in einem kleinen Städtchen zwischen Mönchengladbach und Grevenbroich auf, wo die beiden bis heute leben.

Inzwischen im Ruhestand befindlich entschloss sich der eingefleischte Tierliebhaber für ein Erstlingswerk in Buchform, in dem er das Leben von und mit dem geliebten Kater Losik zu Papier brachte.

Zeitfracht Medien GmbH
Ferdinand-Jühlke-Straße 7
99095 Erfurt, Deutschland
produktsicherheit@kolibri360.de